U0074407

一枝筆裡醒來的村落

李黎茗——著

【總序】

臺灣詩學吹鼓吹詩人叢書出版緣起

蘇紹連（詩人）

「臺灣詩學季刊雜誌社」創辦於一九九二年十二月六日，這是臺灣詩壇上一個歷史性的日子，這個日子開啟了臺灣詩學時代的來臨。《臺灣詩學季刊》在前後任社長向明和李瑞騰的帶領下，經歷了兩位主編白靈、蕭蕭，至二〇〇二年改版為《臺灣詩學學刊》，由鄭慧如主編，以學術論文為主，附刊詩作。二〇〇三年六月十一日設立「吹鼓吹詩論壇」網站，從此，一個大型的詩論壇終於在臺灣誕生。二〇〇五年九月增加《臺灣詩學・吹鼓吹詩論壇》刊物，由蘇紹連主編。《臺灣詩學》以雙刊物形態創詩壇之舉，同時出版學術專業的評論詩學，及以詩創作為主的詩刊。

「吹鼓吹詩論壇」定位為新世代新勢力的網路詩社群，以「詩腸鼓吹，吹響詩號，鼓動詩潮」十二字為論壇主旨，典出自於唐朝・馮贄《雲仙雜記・二、俗耳針砭，詩腸鼓吹》：「戴顒春日攜雙柑斗酒，人問何之，曰：『往聽黃鸝聲，此俗耳針砭，詩腸鼓吹，汝知之乎？』」因黃鸝之聲悅耳動聽，可以發人清思，激發詩興，詩興的激發必須砭去俗思，代以雅興。論壇名稱

「吹鼓吹」三字響亮，論壇主旨旗幟鮮明，立即在網路詩界開荒之際引領風騷。

「吹鼓吹詩論壇」網站在臺灣網路執詩界牛耳是不爭的事實，詩的創作者或讀者們競相加入論壇為會員，除於論壇發表詩作、賞評回覆外，更有擔任版主者參與論壇版務的工作，一起推動論壇的輪子，繼續邁向更為寬廣的網路詩創作及交流場域。在這之中，有許多潛質優異的一九七〇和一九八〇世代的年輕詩人逐漸浮現出來，其詩作散發耀眼的光芒，深受詩壇前輩們的矚目，另外，也有許多重拾詩筆寫詩的一九五〇和一九六〇世代詩人，因為加入「吹鼓吹詩論壇」後更為勤奮努力，而獲得可觀的成果，他們不分年紀，都曾參與「吹鼓吹詩論壇」的耕耘，現今已是能獨當一面的二十一世紀頂尖詩人。

二〇一〇年，為因應 facebook 的強力效應，「臺灣詩學」增設了「facebook 詩論壇」社團，由臉書上的寫作者直接加入為會員，一齊發表詩文、談詩論藝，相互交流。二〇一七年一月二日起，將「facebook 詩論壇」改為本社在臉書推動徵稿的平臺園地，與原「吹鼓吹詩論壇」網站並行運作。後來，因應網路發展趨向，「吹鼓吹詩論壇」網站漸失去魅力，故於二〇二一年五月三十一日宣告關站，轉為資料庫，只留臉書的「facebook 詩論壇」做為投稿窗口，並接受 e-mail 投稿，而《吹鼓吹論壇》詩刊仍依編輯企劃，保留設站的精神：「詩腸鼓吹，吹響詩號，鼓動詩潮」，繼續的運作。

除了《吹鼓吹論壇》詩刊外，二〇〇九年起，更進一步訂立「臺灣詩學吹鼓吹詩人叢書」方案，鼓勵在「吹鼓吹詩論壇」創作優異的詩人，出版其個人詩集，期與「臺灣詩學」的宗旨「挖深織廣，詩寫臺灣經驗；剖情析采，論說現代詩學」站在同一高度，留下創作的成果。此一方案幸得「秀威資訊科技股份有限公司」應允，而得以實現。「臺灣詩學季刊雜誌社」將戮力於此項方案的進行，每年甄選數名優秀的詩人出版詩集，以細水長流的方式，也許三年、五年，甚至十年之後，這套「吹鼓吹詩人叢書」累計無數本詩集，將是臺灣詩壇在二十一世紀中一套堅強而整齊的詩人叢書，以此見證臺灣詩史上這段期間詩人的成長及詩風的建立。

我們殷切期盼，歡迎詩人們加入「臺灣詩學吹鼓吹詩人叢書」的出版行列！

二〇二三年一月修訂

【推薦序】

自己想要的模樣
——序李黎茗詩集《一枝筆裡醒來的村落》

柯水生

詩歌，尤其是現代詩，我喜歡讀，也喜歡寫。文字清新，意境深遠，情感集中，手法不拘一格，活絡不僵硬，主要還不受格律、韻味束縛，直抒胸臆表達情感，每一行文字都那麼詩意蔥蘢，敝人，深以為然。

受同事劉華平女士相托，為同鄉李黎茗的《一枝筆裡醒來的村落》這本詩集寫個序言，其實，這不是一個隨便能答應的活，出書作序，一般都請名流顯達？不過，既應諾，當即就認真琢磨，先大略地翻了一下草本，覺得有點東西，細看下去，味道更深，於是，便沿著詩人的心靈軌跡，細看她眼中的世界和生活，總體來講，這本詩集集結了詩人童年、青年、中年三個階段的人生感悟，詩人李黎茗，她借景抒情，賦予所感所悟的物景以靈性，以獨有的詩歌視角回憶、感恩、道別，這過程是痛苦的也是開心的，如一串足音／一枝筆裡醒來的村落／孤挺花／菊香／話江南等，都是生活給的磨難、歷練、感恩和勇氣，使得她在異域城市活成了自己想要的模樣。

遠離故土，山海相望，往事並不如煙。李黎茗對往事、對故鄉的思念和回憶錯落有致，詩意盈眼簾，你看那：月下稻田、竹籃田螺、煙囪、柴火、棕衣和那個走不丟的早上讓人浮想聯翩，高粱酒、紅豆包子、更年芽菜，一碗白麵煮出驚世的鮮美，一切所經歷的過往和現在構成了一幅淡淡的憂傷又美麗的鄉愁畫。

世上的人們都希望活出自己想要的模樣，而李黎茗的詩行卻在縫補內心的傷口上訴說著一份難能可貴的感恩。她的詩跳躍性很強，意境空靈悠美，不拘泥，不束縛，她的詩行以不設定的方式表達一個身處異鄉女子與眾人不一樣的春夏秋冬，廚下詩、疫下詩、殘破的詩、時序詩都是在為你寫詩，耐讀悅讀。

道別是一件難事，在李黎茗的詩行裡，她把這樣的一件難事幻化成了別樣的美，即便物是人非，猶有舊時情懷。花草樹木、風霜雨雪，生活中的瑣瑣碎碎，經歷的酸甜苦辣，恣意地在她的筆端盡情流淌。淚水，感動，思念……還有不易察覺的會心微笑。在李黎茗的詩行裡，我彷彿看到了一顆久違且美好的心靈，看到了一個身處異鄉的女子關於生活、生命的思考和感悟。

柯水生，宣傳與教育工作者，系中國教育學會會員，全國教育論壇特邀嘉賓，中國傳記文學學會會員，江西省作家協會會員，《江西教育》、《教師博覽》簽約作者。

【推薦序】

「反骨」是叛逆，也是創新

林廣

李黎茗曾自我調侃：「我的詩是胡思亂想＋反骨的結晶。」這句話滿有意思，也道出她詩創作的精神。「胡思亂想」與「反骨」的結合，不僅意謂著對取財或形式的反叛，更是勇於開創，思維不受羈勒的象徵。她不斷在反思創作的方向，也不斷與過去的詩道別，她渴望走出一條屬於自己的路。

詩集名稱《一枝筆裡醒來的村落》極為特別。「一枝筆」，指的是她的詩；「村落」具有多重意涵，可能指她的性靈、生活或故鄉，也可能指詩聚集之處等。二者用「醒來」加以連結，就帶給讀者新奇的想像空間，彷彿要依循她的「筆」的指引，去探尋那神祕的「村落」。

仔細品讀五輯詩作，都與生活、感情、想像緊密結合。

輯一「廚下詩」，廚房、詩房，是一體的兩面，也是她想家的一種藉慰，可說是以廚房的種種形象顯影另一種鄉愁。電視上的一碟菜，就能「挑釁走遠的昨天」，讓往事重現；而那個在鄉間「走不丟的早上／又是一個明日的啟程」。這樣的鄉愁，不免讓她的身上帶著些「鹹味」：

一頓柴米的油鹽
高溫蒸燙的日常
眼角抽搐的魚影。浮遊出
一個又一個肥厚的秋天

「高溫蒸燙」，藏納的是生活的重重壓力；「抽搐的魚影」，隱含著時間無情的迫害；以致魚尾紋都不免浮游出「秋天」的蕭索。雖然末節說這是屬於她「身上粗俗的鹹詩」，裡頭也含蘊著「秋天」厚重的威逼。誠如〈紅豆包子〉首節所言：「搗碎滿篩南國相思／是中年桌上一嘴的鄉愁」，而這鄉愁是來自「母親的味道」才讓她「洋相出盡」。

輯二「疫下詩」，我們看到的是各種疫情下的悲慘世界，但作者的寫法相當「反骨」。例如〈診療室前的春天〉：

在一診間入口處

守號碼的那個女子，我看到是
個被蛇勒腰的詩人

蛇王啃咬一口
詩人的臉就狠狠地抽搐一下
反覆的動作如海浪般推倒
吵雜的牆
（前兩節）

「蛇」在此借代帶狀疱診（俗稱皮蛇），作者用被蛇「勒腰」與「啃咬」兩個動作，來展現驚悚的畫面。稱那女子為「詩人」，可見女子是作者自己的投影。她將女子反覆的動作比喻為「海浪」，四周的喧擾比喻為「吵雜的牆」，再用「推倒」來縮合，這樣的寫法真的很不尋常。明明是春天，她在診療室看到自己的畫面讓她忍不住落淚：「火燙的那汪潮汐／是蛇把夢撕了一頁的熔爐」。

她以旁觀者的角度，看自己在候診，忍受苦痛，接受治療……。從另一首〈帶狀病毒〉，可看出作者也曾感染過，因此這樣的解讀雖帶有超現實意味，卻也合乎想像的真實。〈疫之下〉首節帶有隱約的反諷。新冠肺炎爆發後，不管報章雜誌或網路，都可以看到許多疫情詩流竄的蹤跡。這些詩句「緊閉著每一個日子的病毒」，讓她「無法讀懂其中眉角／是在經緯幾度」。連詩都染上病毒，難怪她讀不懂，也無法把握它流竄的軌跡。

詩的末節：「措手不及的人類程式……／搜刮了／每一個呼吸的冰冷數字」，這是寫疫情的影響，顛覆了世界，造成眾多生命的死亡。「搜刮」二字，強烈表現新冠的威勢，讓死亡以具體的方式演示，頗具創意。

輯三「殘破的詩」，她坦然掏出受傷的過去，嘗試用詩來縫補傷口，很能表現她面對的窘境，取材多樣，其中令我印象最深的是〈和解〉：

相似的主題
在眼眶上滾燙地熔出
霸凌話題是當下最可惡的髒帳
可我還是忍痛把它燉成一鉢有味道的詩

面對霸凌，除了身體遭受迫害，還得忍受外界的流言蜚語，情何以堪！但作者還是忍痛，將它轉化成「一鉢有味道的詩」。這樣的「和解」是很難的，作者卻用一個「燉」字微妙地迴轉，裡頭不知隱藏了多少「熬」的苦楚。然而這「自創的藥方」，卻「悄悄地／縫合了傷口」。

輯四「為你寫詩」，有生死離別，有家庭的波瀾，有故鄉的老去，有與各種人事物的相處與道別，其中懷人、思鄉的詩格外耐人咀嚼。

例如以〈菊香〉獻給母親，末節：

那個村莊至今缺少陽光
也易變天
風大時，她的眼睛總是下著雨
雨停時，她的手中總是糊著泥
雪落時，那個小村的窗外
總是飄下一爿爿孤獨
如浮萍在眼前閃過

從「風大」、「雨停」，寫對母親的憶念；從「雪落」，抒發對寧謐小村莊的孤獨情懷，用語質樸自然，卻有感情的伏流隱隱漾動，令人難忘。

此外，如以〈孤挺花〉寫給大陸新娘；以〈新住民〉寫給自己；以〈墳衣〉緬懷外公；或〈以詩的方式遇見〉追念詩人白萩；以〈佛陀唱詩的大斑蝶〉、〈您在西藏的路上走去〉懷想邱小波老師等等，雖感情濃淡不一，但都能以「真」發聲，藉詩凸顯人物獨特的性情。

輯五「時序詩」，藉由時序的流轉，惋惜生命的瞬息和脆弱，也融入自己對現實與詩的觸動。此輯收了好幾首組詩，其中以〈都更四步曲〉最為特別。分為：〈拆詩〉、〈悼詩〉、〈砌詩〉、〈擾詩〉，將都更與詩巧妙加以連結，頗具創意。例如首節〈拆詩〉：

一覺醒來對門的四十六戶
被海藍色的熱浪
把呼吸封死
這是你給我瞬間的定格
也是你給這世界
最後的遺容

氣象耍出脾氣
於紅唇族的手頭上
把一塊塊斑駁的心事鑿落在
綿綿細雨中

因為都更，對門四十六戶被拆了。從「把呼吸封死」，「瞬間的定格」，「最後的遺容」可看出她認為這些房子也是有生命的。最後四行引出「氣象」與「綿綿細雨」，並將有形的「拆屋」轉化為鑿落「一塊塊斑駁的心事」，意味更加綿長。

接著在組詩後三首，都是以前一首的末句作為起始句，由拆而悼而砌而擾，一步一步延展，形成了這一首獨特的「四步曲」。

作者以自己的筆為引，用敏感的指尖收羅眼前的生活，書寫自己的觀察、體驗與感受，展現詩世界的千姿百態。有時她熱情的介入，渴望能與市井小民與社會脈動一起深呼吸；有時卻只能冷眼旁觀某些人事的遷流變化，而無力介入或扭轉。

這本詩集連結了童年、青年、中年三個階段的人生感悟，借景物去回憶，去思維，去道別。她自嘲的說：「這就是一個中年大媽日常生活的狂想曲。使得我在異域城市活成了反骨的模樣。」

林廣，本名吳啟銘，一九五二年出生於臺灣南投縣竹山鎮。輔仁大學中文系畢業。曾出版詩集《樹的象徵》、《蝶之舞》、《時間的臉譜》、《在時鐘裡渡河》、《透明──流動的永恆》、《林廣截句》等；新詩評論《尋訪詩的田野》、《新詩驚奇之旅》、《探測詩與心的距離》等。二〇〇〇年獲詩運獎，二〇〇四年台中大墩文學貢獻獎，二〇〇七太平洋詩歌節新詩創作首獎，二〇一九年獲玉山文學貢獻獎，二〇二二年獲中國文藝協會文學評論獎等。曾任教於衛道中學、普台高中等校國文教師。曾擔任多種文藝獎評審，對推動現代文學十分熱誠、積極。

【推薦序】

她書寫，於是沉睡的村自記憶重新醒了過來——序李黎茗的詩集《一枝筆裡醒來的村落》

李晉妤

還記得接獲寫推薦序的邀請（任務？）是某個再平凡不過的午後：「妳要幫我寫推薦序喔。」她這麼說。猝不及防，沒有一點心理準備，我呆愣的表情這麼答：「？？？」

寫推薦序是何其慎重的事，想要客觀論述足以讓人有所共鳴，而非流於自我情感的抒發，字裡行間卻又不能喪失主觀的想法，更何況開頭就有老師們專業獨到的推薦，書末最後一輯更是前輩們的「詩與評」。思來想去，也許我身份的特殊之處是可以著墨的書寫角度——我是李黎茗的讀者，也是母親的女兒。因此，我想帶著曾參與其中的經驗寫一篇推薦序。

對於詩歌的興趣早在國中之前，閱讀卻有如走馬看花，對於「評論」一事更是毫無系統，只能說是喜歡卻無法給予解釋。直至讀到嚴羽《滄浪詩話・詩辨》：「言有盡而意無窮。」這句話在字面上精闢點出我對於詩的欣賞為何，意象雖由文字建構，卻是遠超於文字在載體之上，而其中的空白模糊總有可以玩味琢磨之處，這正是詩的「別趣」，現代詩中亦能感受到。

說回李黎茗的詩，這樣的「別趣」又格外貼近生活，一首一首詩讀過能依稀拼湊出她是如何參與日常、如何書寫日常，她的文字細細密密如織品錯落，把身世回憶埋進段落，教人一眼窺見卻又頻頻回味，總在無意間能捕捉到令人會心一笑的片段。因著近於生活，能看見字句描繪的景象徐徐自眼前鋪展而開，在安排下指向更為隱密、核心的情感；因著不斷地角色轉換，能看見屬於她的文字在雕琢下，刻劃出一個又一個精彩的故事。

綜觀全書編排，詩的情緒由淺入深、由內向外，最後再落於自然回歸現實：輯一「廚下詩」中，有一位母親在廚房自得其樂，更有離鄉已久之人藉食物尋回家鄉的味道；輯二「疫下詩」則看見世界以痛吻「我」，被迫與疾病、疼痛共處，無法安放的情緒是如何自處；輯三「殘破的詩」充滿對生活的怨懟囈語，儘管殘破，卻在收入的首篇詩就寫下對此的回答「和解」；輯四「為你寫詩」中出現了大量的客體「你」，而「我」作為主體嘗試以詩的方式與之對話，「你」是對象，是流離之人、至愛之人、至親之人、景仰之人……想表達的情感被收攏在文字中；輯五「時序詩」就像濃烈過後清淡的小品，將對生活敏銳的覺察重新置於外在，觸景而情生。凝於篇幅，只能概略又淺薄地點出我所看到的並嘗試解讀，讓其他讀者有個模糊的想像。

一起看看李黎茗走過時間，從彼處到此地留下何種足音、長成何種模樣，我只有一個小小的提醒：「那個村活在她的筆下，而她生於那個村，她書寫，於是沉睡的村自記憶重新醒了過來。」

李晉妤，二〇一八年作文〈送別〉被列入範文教材，由翰林出版。同年參加中國大陸百花驛站文化傳媒舉辦中華詩詞「傲骨杯」大賽，以〈是非〉一詩獲得最具實力獎。

目次

輯二　疫下詩

輯三　殘破的詩

輯四　為你寫詩

輯五　時序詩

輯六　詩與評

輯一　廚下詩

有一種鄉愁

又一碟菜在電視上挑釁走遠的昨天
味蕾，太過悲憐
竹雞和那籃田螺
你和她挨得很近
順著手電筒的光，月下稻田
蟋蟀搗鼓了青春的夜
搗鼓了田螺休眠
空氣中的濃霧化開眉下山尖
你吹著哨聲，壓著底層的心跳
我把心魔塞進禾床
於是那粒黑色影子消失了
消失在田梗阡陌

又一早晨。我不情願的被推入露水中

這次輪到田蛙當配角
水蛭上演一場獵食大戰
泥裡的腳丫成了血腥的誘餌
耘刀一個勁在壟行上韻腳
意象突然混沌了起來
我的文法錯誤成一片模糊
在驚恐的隱形地帶
糊爛成你缺席的旁首

化肥灑下，水蛭竄成跳梁的小角
煙囪捅破石棉瓦
柴火翻進母親的圍欄
告訴她，新陽老高了
你的鹹菜田螺加辣了沒

牛群飽起，趕早的佃農簑起棕衣
新陽升到腰間　提醒
我的早熟了沒。我的早熟了沒
這個走不丟的早上
又是一個明日的啟程

二〇二三年刊於《更生日報副刊》

我身上粗俗的鹹詩

幾斤抗衡的填充，預約居說
可保鮮歲月老去的常態
於是就出現了滿街
一張又一張複製的臉
不鹹，不淡在蠟味之間

一頓柴米的油鹽
高溫蒸燙的日常
眼角抽搐的魚影。浮遊出
一個又一個肥厚的秋天

站在四台有氣，無神的頁片中間
它們賣力地吹著。吹著
我身上粗俗的鹹詩

紅豆包子

搗碎滿篩南國相思
是中年桌上一嘴的鄉愁
是埋藏在遠山呼喚的記憶

齒坍後，心事多了一畝
於是孩提的那個夢
我又掏出揉了揉

點起腳，猛吸著鍋邊剛出爐的麥香
彷彿一口能吞下整條龍
喔！是母親的味道把我洋相出盡

醃嫩薑

一日起駕，細碎的聲音
我跌入晨光中
搜購濱江市場的足跡

我的形象
卡茲　卡茲地被你剁成萬斷
又嘩啦　嘩啦地被妳燙成千遍

如妳　江南女子
羞而，不得的妖嬌
辛辣如妳　平庸如妳
任由一路風雪掃過篩出
篩過那一條條大大小小
又混濁的血管

二〇二三年三月三十一日刊於《中華日報副刊》

高粱酒

冰凍庫裡一瓶金門高粱
在詩人眼前
晶透，明顯挑起誘因

飽嗝的煙炊
露出高粱地的馬腳
一行　二行　三行　行行緘默

誤讀的醉意
是詩人李白的桃花
是我夜裡無聲的音樂

貢糖

再次把童年麥芽和綿糖
糊上腦殼
再次把阿舅的迷彩服
晒出

老鼠和孩提玩起諜對諜
軍旅包和沙田橋下
是貢糖的開幕序
不曾漏網的片段

你是一九八八最深的記憶
雪霜稀白，翹上嘴角
偷偷舔過我寒酸的童年

菜刀

你不需要這麼過硬
鐵砧上那棵老槐
半把雛形支撐的日子
被風箱拉成一塊鮮紅的烙

鐵漢咬起日常
於是鐵水流入村頭長街
又再劈疆山河與大地
那個村莊的人笑了

望著外公的枯秋
望著墓誌碑上的賦言
碳火中早已燒成翠綠的松柏

後記：民國末期外公是非常有名的鐵匠。

更年芽菜

——兒童節有感

傘不再遮陽細嫩和白肉
背一球新的狀態
你。忘了洗刷牙床
欲想飛出老去的兒童節

晨蜂玩弄著清早的一桌麵粉
碎唸一地，碎唸出橫眉遣詞
空氣中。彈幕流出
一幕幕惱人的沉醉

幾時　三番我怎麼成了
他。嘴中火焰
難不成這是更年的芽菜

茶道

篝火燃眉笑
提壺煮韻腳
詩詞滾燙漣漪漾
盞茶清香筆尖吟

茶裙擺擺
吻一片狀的山脈朝露
享一青嵐於茶煙
紅塵煙火似雲水
如我欲動
不落碎言豈解饞

茶顏憂憂
飲盡一葉幻象

寫盡一闋孤憐
優雅轉身三千世界
莫問別離

二〇一八年十月八日刊於《更生日報副刊》

煮時光

時間煮雨在日落星辰間
舀一端家常
洗去生活的疲憊
累
在童顏臉上褪去
時間煮滾在沸血紅塵間
偷一段路人的故事
編齣傷感曲子
竊
在沾沾自喜的面上
時間煮熟在文字言語間
磨一硯墨香

敘
獨享孤單的靈魂
激出驚豔的火花

二〇一八年刊於《更生日報副刊》

概念廚房

悄悄地　我打開味的門
每一種配料
每一葷　素物
在有語言的廚房
雙眼提醒我，別亂幫我裝偏旁
穿透在腦與視覺間的部首，是多餘的

七彩的染料緊在我掌心塗寫
提醒味蕾的賞宴
延伸許多隱喻

未來的擔擾
象徵性的反射在每具器官上
有時桃紅　有時黑

認真寫作業的慈母
尋著原造的標注
在模糊地帶的遊戲中找碴驗證
宣示生命不容侵犯

在有概念的廚房
一些添加　一些毒素和我
記載著不層蹺課的另一種態度

二〇一七年九月十一日寫於李黎茗的養生廚房
刊於《中國現代詩歌傳媒》

一碗白麵

好大的一碗白麵
胃饢暗自發愁著。一匙
有母愛的湯裡
就像加入了山珍和海味的酌料
煮出驚世的鮮美

在有母愛的麵裡
就像施術了中華一番的湛技
母親的白麵呀，其實
它只是加一匙母親牌的味素
用愛烹出心肝搖墜的佳餚

一碗清湯透水的白麵呀
一碗溢出的愛呀

小小的胃饢包覆著溢出的愛
小小的胃饢始終愧欠著溢出的愛

二〇一七年八月四日於西沖
刊於《中國美篇傳媒》

輯二　疫下詩

選舉月，北市一殯某個下午

服侍好幾百位大仙的日常飯菜
褪色的圍兜從一殯的伙房鑽了出來
窗外雨聲很厚，有路人作證
破弧的微笑虛假地爬滿整面廣告墻
餅，虛胖地餵養到尷尬的遠方
時鐘搖擺在尖峰時刻
不要問押寶哪個數字
煙火早被權柄塗碳，掐滅
口水不適合在這個悲傷的場子懸河

報紙上，我被幾則分類廣告察看
我又為誰的親人洗了幾條蒼白的床單
廚餘桶旁那隻生病的老鼠
好幾日不見它偷食物的影子
垃圾場，還是被發現有個用紙箱糊口的螻蟻

景行廳又颳起江湖巨浪

請不要問長廊的推車躺著何方姓氏
也別想拿冰冷的遊魂說書
我在素食過輕的廚房，依舊為你禱告
讓這個千穿百孔的島嶼遠離紛擾

離去前。記得
記得向菩薩三叩首
藥師來的時候，請他回去
記得把穿上悲咒的蓮花
送給那個永遠吃不飽的焚化爐
請不要用風向與這個城市對話
不要認為。行人忘了帶上近視眼鏡
就會跌落在陽光下，一匹斑馬的背上

彼岸有一座城

遙遠的彼岸，有我心底一座城
城中有我暫短的十八
我眼很大怎麼也裝不下
小小天空分行的詩

幾十年過去，蒼綠依舊
書寫後屋山河涓秀
粽葉每年一次的高調
插話秋菊圍裙

別墅右耳邊，斜斜的蛇身舌亮暗巷情長
大地喂養幾行青醬鼻涕的後身
不管你老在何方
這裡都有一段刻苦的曾經

雨夜瑜珈

軀膝一隻貓陶醉的樣子
背拱成一座裂損的橋
窗內的弦拉傷了屋外的夜
眉尖更深了

我尋著口號，穿進空氣屏幕
借葫蘆打版。把
一副僵硬的枝桿摺了又摺
摺成不標配的直白

一下午，我沿途朝聖
酸痛爬出放大的毛孔
努力地喊著，要做
就做一個虔誠的信徒吧

於是，我又在慌忙的
一盞油燈下
扭
摺
人
生

不明身世的一首詩

不明的哀歌七天過去
一腰鑽骨的痛它來自唐朝
古老口服，現代注射
一劑一劑的砌高
彷彿溶解了整個世界

總編抬眸的稿務，又漏了好幾個夜
詩緒、靈感，飛過指尖吞吐
孤獨的棉床上
我像是個被軟禁的殺人犯

蟲蟲蟻蟻的十萬大軍
如山川河流般把我掩埋
在來歷不明的漫延裡轟隆巨響

二〇二一年四月二十五日於臺北馬偕醫院

診療室前的春天

在一診間入口處
守號碼的那個女子，我看到是
個被蛇勒腰的詩人

蛇王啃咬一口
詩人的臉就狠狠地抽搐一下
反覆的動作如海浪般推倒
吵雜的牆

詩人眼下
火燙的那汪潮汐
是蛇把夢撕了一頁的熔爐

於是一朵淚的墜落

隨著初陽蒸發
詩人發現自己薄薄的十字身影
早被幾管透明的液體
淹沒了整個世界

二〇二一年四月二十七日於臺北馬偕醫院

疫之下

滑開一堆天文與地理
一堆洋灑的詩句
緊閉著每一個日子的病毒
我無法讀懂其中眉角
是在經緯幾度

我家沒有老人。不用
在囚室裡幫他們量體溫
帶他們去打疫苗
我只管一天煮三餐
我只管偷偷擔心人類幼崽
眼睛裡的佛手瓜變成無影腿

措手不及的人類程式
已顛覆世界。也搜刮了

每一個呼吸的冰冷數字
在小小的細紋裡素描

離職後的第一天

二〇二二年，我在瘦月打烊的尾日
被迫。剝下那條油舔的圍裙
今後，妳不再是這職場上……
腹語術突然孵出一隻挨打的陀螺

離職後的第一天
生理時鐘準點五時三刻把
我喊醒，喊醒我
布鞋不再追趕卡鐘的聲線
胃和焦慮不再扭擰麻花
冷風和月亮再也捉不到
騎樓下奔跑的影子

於是，每間房的鬧鐘啞謎留底
廚房裡的荷包蛋有了華麗生相

饅頭多了三層夾心白雲
春花朵朵開上幾張起床的臉

微光，從窗口慢慢爬進
剪裁出一軸長卷。日子的光與影子
落在我左手，那是一本新買的詩集
從陀螺的鞭子上
滾了下來，把午後的時光
搯進硯臺出口
像一枚失落的葉子迷了方向

帶狀病毒

被一隻蛇綁在床上
我只好躺在
站滿鱗片的被窩裡
與他纏綿
他抽出的每一鞭
撕裂了我好幾張夜
輕撫，是碰不得的蒲公英

羊群反睡
踏踢出燒天的火焰
我只好搬出化學式的誇飾手法
將情緒鞭笞成多種引流
從我體內排出潛伏的詩毒

待我啟航

暫停游牧，三月的歸途
一盤魷魚的薑絲。我嗑翻了整盤
美味，像童年的鐵環
滾上路過的中年鬢間

我不吃那袋井底蛤蟆的肥肉
其實，實質算來時間是一捆扭擰
彷彿聽見榨桐籽的聲音

傲嬌的天空很是湛藍
蓮繼續開花，待更刺的雞米頭去搧動波浪
四月著妝，我要穿出閃亮的華麗
五月的游牧，希望有翠綠的草原
我努力地邁過一根刺的已往
遠方，待我啟航……

說是不痛

——與詩人對話致自己

如果我是個孩子多好
這樣就不會讀懂
排山亂射的穿心劍

無言的晚風踱步在窗前
踱步。只為了
於我高腳杯中陳情

從東岸到西岸
從詩人到素人
那如針尖的詩句
似嘈嘈的水車聲
碾痛著流膿的傷口

二〇二〇年六月刊於《台客詩刊》第二十一期

霾下的彩虹

一、霾

一個隔夜的噴嚏把世界傷成啞巴。藍天生病了
言語的出口蒙上一塊羞
秀髮賣力扒開喉節上的領帶
欲想來場蜻蜓點水的浪漫
只是北國的神密
你卻。陽痿著火樣的激情

二、彩虹

三分甜的島主向江湖發了張討好牌
戲子婆娑地說彩虹圓滿了
我納悶著
時間的牆上彩虹幾時少過一色
斷背切碎自己擺販於後山

賣著便宜哭破著圓規
一卷糊塗帳軸起的蓋頭
註定滋助著癌苞子

輯三　殘破的詩

和解

相似的主題
在眼眶上滾燙地熔出
霸凌話題是當下最可惡的髒帳
可我還是忍痛把它炖成
一鉢有味道的詩

懦弱於陰溝裡的罌粟
強迫吞著
從妳嘴角綻放的毒
那是碾碎著一張過往的曾經

孱瘦時光
被記憶種下的深許
那帖自創的藥方
在宣紙上悄悄地
縫合了傷口

沒過髮際的迴音

初夏，三更時分
暴衝的雨把街燈打得垂頭
一路喪氣的羊蹄
踩碎有夢之夜

我隨手關上玻璃窗
忽遠忽近的線條
扯出忽近忽遠的黃梅調聲
淒訴趣味人生

老榕下，方椅將清風坐瘦
一節一節的時光養長了
一截一截風箏竹骨
從你手上鬆脫　組裝　黏合
放飛我最甜的天空

枯秋退閒日子，你依舊以風雪
敲出沉甸甸的碎銀
老繭貼滿一面墻
哦　外公
你如碼頭盞燈照亮鐵匠部的
港口　我的童年

二〇二二年十二月二十日刊於《中華日報副刊》

端午節有感

半夏微涼吹醒半夜的夢
我循著模糊光線
一路跑到童年屋頂

溼溼菖蒲和艾葉
喂飽一池瘦骨粼波
母親悄悄脫下布鞋和手信
趕在雞鳴未更時摘取舊年時光

汨羅江的梨樹堝有歷史光影
在我醒來時，艾蒲已站上門的左耳
舟隻吞足電力等待衝破堤防
是流頌詩人的千年文化

嵌入金門的童年

臺北的夜，冰凍的陳年高粱
喝哭了我的童年
記憶的琴聲呼喊出。阿舅
迷彩服的青醬臉孔

菜刀的前生與後記
於是，我就起底了那對
父子情長。鐵砧上
敲錘出一個個落款的姓氏

同一個早春，記載了一九八八
金門的風滲透岩礁上的哨音
含淚打包歸期的行李
鼓浪嶼的晨鐘裡
悠然地擊出一首鹹鹹的小詩

後記：外公是位非常有名的鐵匠師，他幫人打刀時會嵌入客人的名字和自己的名字。

一串足音

——致童年

青綠退去，細紋爬滿上下屋的臉
楓林　依舊閱讀滿山曾經
一本荒山翻新出的意象
茅草蓋頂褪殼成紅瓦磁場
是故鄉的一大亮點

滑體蛇形溜出幾串雨夜足音
分岔破音的喉節
沙啞俚語喊暖童年岸口
青雲天梯早在遠方架起誓言

那個用背影對著水月的孩提
蕃薯燙傷的手的青醬一笑
你說　桃花胭幫的紅
是你長大想摘的一朵夢

二〇二二年十月十一日刊於《臺灣新詩報》

後來，我們死在愛裡

蓋住你重重疊疊的夢顏
我躲在黑眸中畫你
斷橋下的漩渦
藏有月影呢喃

我攀著流急，拼命地往上爬
浮腫的層雲溼溼的
你變矮了，頭髮稀了
我看不到你了

烏鴉叫得比誰都大聲
彷彿是警報器
沉了，沉了
淒厲的哭泣聲隨著洪水
流入盡頭的虎口裡

自己的鈴聲

當和平被陰謀挑撥
獵場上必會出現一鏡殺錮血的獅子
這個世界也會有一群看戲的猴子
拿著高道德的尺子
量著淒涼的聲音。聒噪的耳
炒滙出每一個沒有真理的季節

泡沫書生，抱團取起失聰的光片
案臺底下大肆塞外
群起等鐘的草枝搖擺隨風
喊。喊成一圈又一圈臘黃的臉譜

偏方劑調的意象
就成了水漂送來的鳥毛

自悲暗黑的猴類選擇性的。一次
又一次盜著自己的鈴聲

二〇二二年七月十一日刊於《中華日報副刊》

拈草女子

少了遠房挖缺的黃昏
一丘寂寞的水田自然皺成
三屆的翹楚
以海輸出的句子
扯破咽喉刷感的隱喻
都寫實了
一首虛胖的詩
放浪的一朵春紅啊
即使妳，天天擺出十分色相
去暗度樓臺生靈
但躲在蕊娜下的氣味
借月是可見的

二〇二一年十二月十六日刊於《更生日報副刊》

被霸凌過的一尾魚

我哭著寫下一首散文詩
事過多年，床邊不再是故事
金魚吐出悠揚的泡泡

我也是被霸凌過的人
童年，國小五年級的前茅
活紅一群小水怪的雙眼

於是他們集體跳入鍵盤
拔著鱗片，血舌吐出一條紅河
也讀出一首首可憐的詩

後記：「魚」是女兒的乳名／筆名。

寫於二〇二〇年十一月二十九日
二〇二一年十一月二十九日
刊於《有荷文學雜誌》第三十九期

狗尾草的童年

大補丁就算了還很扎人
霜風裡販賣腳板皮的生意
羊群走散
鼻涕盪成鞦韆
一頓竹筍炒肉絲的小菜味道鮮明

露水模糊霧樣的一尾魚
竹霜搖響舊情
搖出肥厚的凍瘡

我們潛進絨毛裡扮起柯南
探索一株發炎的狗尾草
是不是小米的祖先

二〇二一年十一月二十九日
刊於《有荷文學雜誌》第三十九期

華服

已跨入了中年
還是能穿上那套露肩的華服
華而不實的美
對著鏡中的她
我行三拜禮

想起愛情已成琥珀
想起愛情，最初的小鹿
想起熱帶情人的多情，不亂情

她再次穿起那套華服
溜光的腳趾已躲進
歲月的裙下
和著那套躺在衣櫥的華服

二〇二一年刊於《葡萄園冬季號》第一〇六頁

紅燈區

在一首詩裡，我知道
我是個沒有立場的旁證
也不會譴責你對我的偷襲
我給你的加害
遠遠大於同等公約數

施公會站在你那邊
各種俚語，華文會站在你那邊
日月星辰，大地蒼生統統
會站在你那邊

槍手掃射的診療室
時間和光波拆打出你的原型
嘿！一公分的良君漢子

我敬畏你的存在
在一首閃紅燈的詩裡

後記：二〇二一年四月無意查出一顆腫瘤。

二〇二一年八月二十五日刊於《葡萄園秋季號》

悲歌

丹霞　蒼松　黑煙囪
時間削去一層又一層髮膚
您滿身的表情只剩皺紋

屋後的楓試圖邀請雁群進住
只是秋天的荒蕪搬遷了春天的世界
獨留雁影一枚

徒手我在俯首
俯首我在獨詠
蜷縮在我夢裡的高臺臺呀
門前，廣角裡的岩漿
瞬間燙傷了我的眼睛

後記：高臺臺是老厝的小地名，現在只剩它在風雨中苦撐。

二〇二一年三月八日

在紙上我遇見羅溪

收集山水擁抱的羅溪
映山紅喜歡在春夏交耳
看山林內一陣照夜仔
談今生論前世

一條被品足素顏的河
細流剪下殷紅隨秋而去
這是乎又可拆下標本裡
一張乾燥的故事

那個折在花叢的女子呀
妳借風捎來信件
當我打開時
回音竟是一曲哀傷弦樂
以淒苦溫柔敘述泥底的孤單

二〇二一年四月十九日

榮獲中國第六屆盧山西海谷雨詩會優等獎

瓶頸

突不破自己的窮關
穿越而來的甲骨文
把我咬成絕句

意象。眼前屁顛成
奔流的浪花
卻撈不到它半闋
美麗的海栗

我只好看著
比單調還白的牆壁
走鐘在悸動的情緒裡
滾滾翻騰

二〇二〇年十二月四日刊於《更生日報副刊》

虛擬世界

十二響　免去規格的禮儀
來了請自行盤坐
禪房。唯你我隨性

風鈴搖擺　客串吟遊詩人
留一地匿蹤
仿模銷聲來日

萬花筒裡的面具
陌生的熟悉充斥著冷臉
逛逛往來人頭
數據杉浪
虛擬世界早就淡泊過
我的前半生

二〇二〇年十二月四日刊於《更生日報副刊》

輯四　為你寫詩

菊香

——致母親

生在亂世。她是被拋棄的一朵霜後黃
從小流浪在多種區域
鄉下屋旁總是有口池塘
池塘裡總是有著一株嫩嫩的
浮萍。任風隨它飄蕩
在混濁的天邊
笑成一彎上弦月

那個村莊的地址和門牌
總是快速地代謝了
今日。明日。後日
可始終代謝不掉那口長著
一葉浮萍的池塘

大槐樹下，老浮萍的口條
欠缺陽光照射
時常分泌出一寸寸刻薄
從頭到腳框限了
小浮萍的自由生長
十二年如一貫的掐指算
一碗白米飯　一碟葵瓜子
一盅瓦罐湯　一個子宮無經血的女子
總在妳和童伴的玩耍中躲貓貓

所以，她這一生拼了命地想長高
可她從沒長過十米五
可她身上流淌的基因是在十米八
是在百匠排名匠庫中的亞軍

那個村莊至今缺少陽光
也易變天
風大時，她的眼睛總是下著雨
雨停時，她的手中總是糊著泥
雪落時，那個小村的窗外
總是飄下一爿爿孤獨
如浮萍在眼前閃過

新住民

脫離母體，她就游成了一葉浮萍
很多時侯被愛綁起逐流
逐流遠岸，甚至更遙遠的海岸
種植起新鄉的太陽

海面上那隻黑色的信天翁
一把尖銳長嘴
總是對準那個女子的胸腔
她才漸漸明白
擲筊的愛，那朵玫瑰色的黃昏
夢，早被它啄碎了一個
又一個凹陷的夜

遠方的鐘塔，敲響暮光之城
敲醒不了假裝熟睡的嫩陽

我的足踝，我的肉體
註定被時間折成
背光的剪影

睡著的檯燈，穿著一身憂鬱
在明早與今夜的夾層裡
等待著窗外月光
來告訴一片稀薄的浮萍
何處是她棲宿的港灣

孤挺花

——致勇敢的大陸新娘

為愛叛逃的女孩們
把半生的自己流放於誤讀的島上
社會、職場、學校、市場。變形的臉嘴
和著白色的葡萄酒底
流竄著無處躲藏的刻薄及孤獨

當風中夕陽穿過黑髮
當青春殆盡變成株孤挺花
一爐明火熬煮著的是無數個底洞
唸唸的大悲咒回響，再回響
喚不醒手拿權柄的人

世界不該這樣友善
世俗不該著有顏色
龍椅上的大人們呀

如果你們還有一顆柔軟的心
請看看我們這個群體
她們活著的是為了
兩個離岸的生命
一個日子

二〇一九年一月二十日

愚人・青銅婚

——致結婚紀念日

扯謊，那個不受罰的黃昏
星子向霓裙咬咬耳朵
一貧，我如洗的樣子
都會抖落在之前

廟宇間，我戴上婚冠
同時摘下傲嬌
高跟鞋的秀場，換上柴米
油鹽著日子的煙炊

皺紋就是個小人，喜歡
暴露我的途徑
又在愚人高調的日子中提醒
提醒，你是截句
我是你江湖裡清炖的一缽小詩

二〇二一年四月一日

墳衣

——緬懷外公

枯秋遠去
紅了一行趕路的思念
木薯藤的輪迴
攀爬出濃烈的緬懷

十六個冬的雪啊
滲溼著十六層的墳衣。而我
沒能為您蓋過一件新裳
就像您不曾來過我的夢裡
怕我為那腸青，寸斷的遠嫁一樣

今年不同了，在冬至前的兩天
一只荊棘狹窄的黑屋子裡
為我端碗透明的湯圓
在枕上滾燙成漂浮的幻影

後記：故鄉的習俗在冬至這天緬懷已故親人就像清明的儀式一樣隆重（需要上墳，祭拜，故鄉稱之為掛山）。

以詩的方式遇見
——致詩人白萩老師

左岸的河流　右岸疆土
一山油燈伏案的白秋
穿過山顛　穿透流域
川川，不息地撒落天地
間

時空墻角下，您引燃多簾冷冬
水眸。又以白的邦交
留一座廣場給詩界舔傷孤章
我卻以羅盤錯位
泣狀一筆撲向網的飛蛾

世界我的眼突然開荒了
一簇波塊，墨水河床
絲絲有雨的夜

二〇二三年刊於《笠詩刊》二月號三五三期

一個哭泣的黃昏

冬，偽裝成嫩秋
呼吸躺進十字架的梳臺盒
歡歌就此封麥
一天落雪齊飄移靈大道

下午四點，二胡聲淒
臥龍街的山窪裡
將傷痛剪成一串串
內斂的矜持

蓮位堂口板凳上
一臉僵硬的痲木，表著百款憂傷
黑短衫，穿著黑布馬褂
在太陽下　被魂幡
拼出一個哭泣的黃昏

後記：記我在殯儀館工作的某個下午。

二〇二三年刊於《笠詩刊》二月號三五三期

佛陀唱詩的大斑蝶

——悼邱小波詩人

驚伏的季節，您屏蔽藍球
發芽的春說您去了西藏
山谷間，您不用栽種百合
更不用降辰玫瑰
來為您奏節和贖身

魚米式的霓虹燈擭送如秋水
溼溼成夜半清風
在您每個修行的房間裡
藍調潤筆的現場
喝飽一壺碼頭吟詩的澎湃

床縟隱密的皺摺，灶下
慢燉的聲音聽起來很安穩
油菜田梗的過巷。您自由成
一隻佛陀唱世的大斑蝶

二〇二三年八月三日刊於《更生日報副刊》

您在西藏的路上走去

——致敬愛的邱小波老師

幕色臺北，嫩芽親撫長街
夜　冷裂了零下破錶的肚
如斧把我腦中的柳山劈成兩半

我泣。我用淚液調配沉重筆尖
虛構一軸光明彩捲出場
撿食您抖落沿途的碎詩

海岸的消波塊切斷了遙期的諾言
詩和遠方註定墜入黑洞
沉重的垢穢
塗抹了您的世界。於是
您攜一袖清風往西藏的路走去

哦！詩兄　布達拉宮舍利
一定為您佈藍。天空
一定為您佈綠。草地
您的靈魂如蝶邊陲
菩提樹下記得泡一壺好茶
讓它沏去您身上穿孔的聲音

二〇二三年三月三日於臺北
刊於《漁民文化新詩週報》

烏來側寫之歌

隔著窗，我被一丈
飛天的橫沫
偷窺得一乾二淨

小木屋內有一枚月亮
我和族人咕嚕口水打起瞳泉主意
眼中的紅色
隔空緊貼著森林芬多精
吐吶，吐吶成山明
水秀的裸夢

推開窗，我隨活灘亂石奔去
清澈的碳酸泉
木屋三方綠植如海擠掉
一錠錠掛在羊棚上的處方箋

小涼亭下那個朝夕相處的部落女子
悠哉地舀起一枚落日
由頭到腳。洗滌去被日子
輻射的塵埃
直到燃盡那一截鎢絲的壽命

刊於《葡萄園詩刊》二〇二三春季號

一百個耳光

——致詩人余秀華

玫瑰扭擰的被單。耳光不偏
不倚地落在月光的右臉
紛飛見紅。如雪
是脖子上不肯退去的紅頸圈
也是春天吻過的溫柔

雲裡的詩人，磕著泥裡的詩句
李健說
穿過大半個中國睡姿
裹著糖衣的愛情

翻鍋了掌之外的世界
妳的桃園，妳的淚
哭出一面卑微的曾經

後記：二〇二二年七月六日余秀華被小男友家暴並
在直播中指控被打了一百個耳光。

柿的聯想
——賞畫家黃蕊畫作〈柿柿如意〉有感

漱筆十月
我們一路與秋道別
燈籠於是盛裝了遠方

那些掉落的片片泛黃
借著頁面歡歌
夕陽於是醉了一下午

不孤獨的美學
舔淨了色盤上每一筆
如腳程回來
回來召喚遠去的記憶

二〇二一年十二月十一日
與畫在臺北世貿一館同時展出

紙摺蓮花

一張飛往天堂的機票
把眼淚對摺再對摺
把眼淚翻了又翻
白燭燈下對翻著是一夜夜
悲傷的影子
蓮花一串，大悲咒紋滿全身
飄在船頭。蓮花三串
大悲咒紋滿全身，飄在船頭
滿塘紋身的蓮花飄在凝固的空氣中

北城一隅，清風划開禪聲
聲聲。長泣雲霄
一片片蒼白的遊魂
握著登機卡在螻蟻的圍裙中

徘徊。道別
道別一筆紅塵之緣

二〇二三年一月二十七日刊於《新詩報》

今夜我入駐夏都

今夜，我穿過復刻的畫面
從電影中走來
走來，入駐夏都

包車而來的歌聲
醉了半缸老酒
於是，夜嘔吐了幾張粗獷的笑臉

來到他鄉溫柔的雄鷹
把言外的月光敲碎
又小心翼翼地打包
扔向身後鹹鹹的黑夜

海角吹來七號哨聲
情緒梳理整齊

我的一頭帶霜的長髮
不再。齊腰的經年打卡南國之境

二〇二一年冬末寫於墾丁夏都

身世武寧

翻開武寧歷史簿
三千年前商代艾候封地
概念遙遠，唐長安四年
武皇親筆取名，須得點到
武寧的美麗與哀愁
泛黃在頁面上淚光閃閃

途徑的出入口
幕阜山陰森成心跳
老碼頭的一只血盆河神
時不時生吞，童年
一車車鮮活的呼吸
於是就有蛟龍橫臥紅岩潭

老汽車站一塊五毛的包麵湯子
梧桐樹下茶水兩分
陶翁醉過一壺桃花
傾斜的影子背著初陽摻進碗裡
直到黃昏
甜過一張張知足　茫然

擺脫老城消瘦，我們一步
一步遊出大山
遊出一條長長的跨河大橋
左通詩經，又通宋詞
如雲霧煙塵的古代女子
為武寧寫出一首首亮麗的詩歌

二〇二二年刊於《中國九江日報》

話江南

把江南揉進葫蘆裡
七孔就漂白了瘦屋
她腳下是一條青青小河
輕輕地吹起一莊白髮

素描，輕舟
匆匆，浮生
斗篷青衫穿過迴廊
穿過古往，和今來

紅柿，借喻簷下動詞
掛起走遠的記憶
風證明自己還活著
悄悄地帶我進入流水人家

二〇二一年十月十日首刊於
《漁民文化精選輯》〇四六期
二〇二二年八月二十五日
由臺灣鄭景嵐老師譜曲成歌

落桐的憂傷

——賞畫家黃蕊畫作〈夏日戀曲〉有感

雪地裡，我在一鏡青苔裡打磨
打磨，那些未成的殘句
當我剝開腳趾。路
縫成弧形的刺綉

我揉著秋水的眼
兩色碎星跌落海底
月光出門掃地
篩裡的故事遊成絕句

是我被迫出生
以屈身的姿態探索
三朵落桐的憂傷

二〇二一年十二月十一日
與畫在臺北世貿一館同時展出

鎖骨上的一披風

——賞畫家黃蕊畫作〈夏日戀曲〉有感

烈焰揣摩熟烙
以優雅的青綠腰潛入
於是紋路的梯田嶄露出火紅

綠蠵龜含蓄一襲開屏
向遙香的孤芳
抛出以夏的熱情
我依規定站在西海邊上
探索他的迷情

出走的素妍出軌匠師
被塑出的白衣女子
露出雪花肌膚
是鎖骨上的一件披風

二〇二一年十二月十一日
與畫在臺北世貿一館同時展出

詩繡柳山

我想把妳綉成一盤詩
綉一盤絕版的言情詩
昨夜，我投身綉樓以赤裸引針
把潔白的單句穿進綉針的陳述內
柳山的意象就變得更鮮明了

舒坦蒼藍的說明體狂歡綳圈外
山脈含情的奔流使千萬個靈魂
陷落在比睏眠還深的地帶
夜把我走斜的綠絲線剪斷
山好像睡了
夢把我刺錯色的棉白凍結
風好像倦了
於是宰相的黃昏被我綉得七零八落

子夜裡，失焦的臺北盆地
毛雨打溼一盞窗下的油燈
我恨，不會配線卻要刺綉的女子

後記：柳山，武寧縣的名山。史載唐朝宰相柳渾曾在此山隱居，柳山以此得名。

二〇一九年三月二十一日

為你寫詩

——二〇二二〇三二八下不停的雨

於窗內，我感受到你
用悲泣的撕咬
梳理著大地的牙床

我指尖，順著你意思
把瀅漉漉的雨言
種在宣紙
是初春一早的耕植

你在窗外繼續流瀉
風的同題
我依舊在情緒棉花田裡
掏空遺址的第二故鄉
揉捏成文字部落

二〇二二年六月二十九日
刊於《印華日報印華文藝A5》

探索詩意
——與詩人林廣對談

一隻自由的鳥，偽裝成黑色
在金色的夢裡探索世界的深度

我把自己折成隻紙船
決定載一船的墨汁
尋著飛鳥拍起的駭浪鋪展中泅渡
風鈴稻草人掀開記憶殘影
水母和鯨魚敲醒我的詩觀

落日緩緩漾開了水面
我的指南針原來流放在你的夜霧裡
恍然，若隱若現的意像案題
在細剖透明的凝視中
超渡了我的筆荒

刊於《台客詩刊》

鶺鴒情深

——致山友

隱退後的花甲鶺鴒
撥開露水額頭的薄雪
足印登對在山青青的故事裡
小草為你搖旗
蟬蟲為妳歌唱

風掃過沿途，罅隙拉長影子
滑波體狀的長長蛇向
爬出兩張麥田臉孔

照面過的幾個春秋
形象化的一抹太陽。活力
十足地灑在嶋嶼山頭

刊於二〇二二年《葡萄園冬季號》

腳程

暈一頁秋後荒草
我在九月雪中停更

山是那夜不透氣的牆
海是那夜脫腳的魚網
茅根抽空芒的水源

於是，我為自己換上
一襲紅裝，來升壓電流
讓紊亂的情緒成災

一章籤詩的禿筆，潦草了遠方
妳用微弱鄉音。喊痛
喊痛我沉重的腳程
窗中模糊的藍天

二〇二二年九月五日刊登於《臺灣新詩報》

同望一片藍天
——致詩人左拾遺

您總是衝前鋒，詩眼
借喻轉角，明插一袖秋風
在各名山大川的鼻翼上跳下豪情

花溪河的邊邊角角
飛過崇山，飛過海峽，飛進了子午線
重重露骨的煎盤中
活成永恆

我想，這是您，也是我
斬腰日月和著耕植星辰
而結下的果子
像是玉山和廬山肩上的願望

後記：「花溪河的邊邊角角」一句摘自左拾遺《白露》。

二〇二二年五月十八日

刊於《台客詩刊》第二十八期

贛鄱之美
——致攝影大師翁第亮

他好冽冽地曬出
一卷大地開斧的調色板
梵谷只好打起精神，坐在
我家門前的石墩上
著色每一筆流淌的線條

瘦風吹皺夢遊的夜
所有的光與蟬蟲回到曲徑通幽旁
唱響，每一個清脆的音符
墜落在我的詩中

枕著憂鬱沉睡多年的故鄉
翁第亮只用了個象聲詞
那些戴在贛鄱頭上的錦帛
在他的鏡片裡躍出

越過時代的封鎖線，輕輕地捉回
一個個走遠的目光，包括我
彷若母親的容顏

二〇二二年二月十八日刊於《中華日報副刊》

空等

你一定會說
我是閑著沒事做做樣子
提前坐空

其實，在太陽沒變臉之前
我早就穿一襲薄雨欄柵
撐起米妮米奇的紅色洋傘
等在煙塵濛濛的街頭

一索一索的冰鋒
黃昏裡的太陽，可惜
坐成鐵銹
你竟忘了這一路的浪漫
我等成個寂寞

二〇二一年十二月十八日刊於《中國倒水河文學》

我被青春撞了一下腰

——致青春期的你

那一夜，潘朵拉的盒子被解密
薄酸的口水澆息了最後真誠
你為啥要用青春撞擊我的腰

心痛，不斷在腦中炸裂
狠抽一根肋骨迷途
於昨日鞭子上
翻騰的巨浪

心碎，負荊抽打老舊的牆
祖先牌位下你懺悔的跪姿
於今日我瀑漲的淚水
如一把匕首直刺胸膛

輯五　時序詩

一枝筆裡醒來的村落

我睏了千年
是三寸駕著金蓮的蝸牛
所有的夢都在軌道上遷徙

肋骨青絲在搖椅的
起伏中下起薄雪
門牌已由6走位成9

雁群到此，一猶了青衫煙霞
黑白電視斷更都市跫音
憑空的景象，拔劍了
我身上穿梭的時光
如風梳落的雪，埋伏在冬夜裡
一地雞毛的現實

二〇二三年刊於《更生日報副刊》

雪說冬天

靜靜，我等在三更夜睡去時
一枚針踩塌的聲音
安慰自己你一定會來
赴約，厚厚的梅牆下

雪
像，一個從不缺席的舞者
像白雲停在眉尖
像藍天墜入海洋
像青色等煙雨
像方文山等周傑倫
像我等你

說
像，靜靜等不到一生

像葉子等不到霜降
像思念等不到浪花
像雪詐糊了冬天的滹沱
像我等不到你

二〇二二年七月二十一日刊於《中國意渡傳媒》

五月雪的告白——賞畫家黃蕊畫作有感

流淌的草原
將熟齡的五月雪鉤成畫衣
詩情。六十石山的忘憂喊出虛實對闕

半熟蜂巢磨切成貓的瞳孔
是靜言中的流經
碎唸一澤，喚醒夏的單薄
在枕下無眠的此刻
等不及那一筆，只待
乘著一宿而來的蒼涼

你醒或不醒
我都在流動的途徑中
等你到來以生死。契闊
直到五月雪散去

二〇二二年十一月二十一日刊於《中華日報副刊》

春山——賞畫家黃蕊〈富士山行吟〉有感

我執念西位，隱喻的不是孤獨
一條齊腰的粉色碎花裙
我發現。她
爆破了半山倉促

三月暮鼓，晨鐘向晚
座成寥寥。可數的白髮
隆起的腹語
梳落出情緒千千

蒼穹打一欠借條
向白雲借塊畫布。我想
蓋去空山的呼喚

二〇二二年四月九日刊於《中華日報副刊》

立秋

北斗指向距離西南
我推開門，風向送來一杯奶茶
隔著窗，我化著追謎者

去探索跟風的文案
淒淒薄涼的蹄印
親吻在門前的草尖
詩人額前

剛褪殼的秋風揚上欄柵
還沒等我
把頭夜的春夢做完
就又傳來一頁新的時令

二〇二一年八月七日寫於臺北

夏堇

捅破帷幔療癒
我活成戀人眼裡
最閃耀的星星

如你是另一半。記得
請在路過時看看我
看看我那不修邊幅的
隨性和使命

如果還在讀不懂我的心思
那麼請在楓紅時
務必在思念裡記得我

二〇二一年刊於《中國九江日報》

都更四步曲

一、拆詩

一覺醒來對門的四十六戶
被海藍色的熱浪
把呼吸封死
這是你給我瞬間的定格
也是你給這世界
最後的遺容
氣象要出脾氣
於紅唇族的手頭上
把一塊塊斑駁的心事鑿落在
綿綿細雨中

二、悼詩

綿綿細雨中

怪物輕盈地掀開禿頂的屋頭
眈眈流涎那時間鈣化
被時光熬燉的瓦爍鋼筋
如猛獸涮嘴的豆腐塊

封印成精的千年妖妹
順肆於空氣中佈施
佈施於夜黑　夢裡　窗外
方圓幾里，你呀你

伴我在新鄉成長的建國
北路的某巷啊。我終有日
和你一樣逃不掉這場
宿命輪迴

三、砌詩

宿命輪迴，每日在褪殼
是抬頭就可看到的一首詩
一看就是三年，他站在我正對面
時刻都在更新不同的篇幅

嚼檳榔的詩人
隨意一嘴，吐掉的意象
有一些些豪邁

榔頭爬上另一詩人的手
詩人就借題敲碎鈣化的枯骨
有一點點狠心

爬陽臺曬衣服的詩人
很想休耕這沒完沒了的挑釁
可這綁架沖天的詩眼
在一首詩裡活成曇花。得捉

四、擾詩

在一首詩裡活成曇花。得捉
你是昨夜的離愁
我也是那個被你揉皺的
一張A4的紙

孤單不得的剪影
一面面穿孔的遮傷布
生活和老少
咬牙著烈日下的家常

三角支架撐起的橫豎交叉
刷新一個段落
又一個落段的高度
你我還得在焦燥中相舔三年

二〇二二年五月三十日刊於《更生日報副刊》

四季歌

一、春之歌

一臉羞澀，借薄翅鳥瞰
我想回到櫻花下
憑春描色

清晨的風
穿過弄堂，我耳膜
一枚草莓的抵達
紅了真實事件

你拎起，一片諾言
種在頸上的音效
成功飆破了第七根弦

二、夏之歌

一群人解紗寬帶，說是榖殼霍死人
另一群人從下方游上來
又是說雙搶忙夏
夜幕下我見怪的日常

孩提，我是那個走遠的孩提
漁盆泡在暗黑天邊
瘦月浮潛河床，岸上
有一囱兩囱五六囱煙炊

晚風，焚不出名堂
毛蠟燭貼上時代標籤
寒酸了每個燈火闌珊的童年

三、秋之歌

這是一場連麻雀都想詮釋的
悲鳴啁啾，它來自熟悉陌生
你在哪塊土地被整碗端出
純粹得由詩人去想像
世界經歷了什麼

曲枝借著樞紐還生
攔截罅隙裡縮小腹的風
我也被這迅即的臨演攬入

然後，在空曠後院
狠狠地闖進你的血管

停在蹣跚末梢
診療一首即將命危的小詩

四、冬之歌

被冬踏戶的鄉村呈甜點般誘惑
帶我走，趁提拉米蘇大敲盤途
去雪鄉，我要大啃一盞
瞳孔裡的下午茶

妳似千年白狐，隱身於
零下溫度的舌尖上
在季節交替時
輕輕舔開胸前的一排鈕釦
詩，早已榨成伏筆

殘枯依舊活成煙火，點燃
我浮腫的浪漫
再一一切割成碎片
在泥濘的夜幕裡消融

二〇二一年七月七日刊於《更生日報副刊》

四君子

一、梅

又皺又冷的早晨
我喜歡在你的腳下作文章
還在嫌嫩寒啊
不肯展示絕美容顏

以人頭擠壓的碗公
季節悄悄竄改時令
春總是在，冬末老時
提前趕場

從北方回鄉的風說
你們太懶散了吧
我六棱的口沫

已洗白了那國的世界

二、蘭

嫩寒使我跨成丈距
老叢為我墊暖棉床
不與玫瑰爭寵

剪斷紅塵欲望
我在深山裡活成一把青銅劍
揮舞著獨有的裸香

踏春來的姑娘
是一張透明的宣紙，風為妳
把諾言刻在泛黃的葉上
綉出純潔的芳名

三、竹

一堵潔白的墻
關不住兩色分明的線條
傲骨我挺成層次

無肉的心
是我優雅的代名詞
定義成千古，以來的流芳
空成萬物皆是禪

雪節，捅破老寒
把古曆的後山劈成冷箭
以一片熟悉的清香，剖春

取出空洞的內膜
一個勁地衝進我的鼻腔
雅趣成遠去的記憶

四、菊

有個女人和你同名
喜歡把自己懷孕在你的孢子裡
活成一彎彎蒼鬱

帶有泥味的雨鞋，襯起
一籬九月的淡黃裙紗
在風中舞動不食煙火的詩句

秋陽摟著鹹味，截取山泉半瓢

幾翻拉扯下，速泡成
楓糖裡一杯杯的含蓄

二〇二一年六月十三日刊於《更生日報副刊》

人生三部曲

借我一段青春
讓它在暮景殘光裡
還你一副暗爽的絕版品

借我一隻蝌蚪
讓它在水色的宮中
還你一柱香火

再借我一些些日子
讓它把我未償完的心事
在你白髮上編成待續的
劇本還給你

二〇二〇年六月刊於《台客詩刊》第二十一期

輯六　詩與評

趕一首名為冬的詩

——致山水武寧

抖落一身塵埃
我裝著薄雪回到沙田橋邊
回到拓在夢中的足印
一步　二步　三步
把超速的歲月對摺再對摺

不久，到達汽車站下方的
一丘小小菜地。昏沉翩翩
彌漫整個傍晚的武寧天空
如同削筆燈下，冒煙
是我和外婆笑開懷的深意
覆蓋在整腳的嫩芽上
粒粒的水晶冰糖。明早流在枕間
是偷偷為我這個過客做個開場白嗎

我假想是丹青的弦
彈出柔柔飛絮
是那樣不經意地
一瓣瓣　一朵朵　一簇簇
落在耀眼之地帶
記憶時光中
編排成透明的詩等待上架

二〇二一年刊於《江西省武寧艾風》第八十三期

詩評

林廣

武寧在江西省九江市，地處長江之南。山的雄渾鑄就了它的氣骨，水的清柔浸潤出它的神韻，因而有了一個很美的名字——山水武寧。

首行「抖落塵埃」，可看出作者回鄉時，已放下世俗的羈絆；「裝著薄雪」，暗示年事已長，髮上「妝」著薄薄的白；「夢中足印」與「一步　二步　三步」，顯現此際她的心境是急切的。「把超速的歲月對摺再對摺」，就寫出她渴望趕快回到外婆家的心情。「對摺再對摺」，看似在跨越「歲月」，期盼回到過往；實則也寫出「空間」的跨越，讓每一步都更接近故鄉。

詩中最先出現的是「沙田橋」，接著是「汽車站」，然後就進入「小小菜地」。想必沙田橋和汽車站是她小時候常去的地方，因而印象深刻，也成了她還鄉的指標。因為題目嵌著「冬」，武寧每年冬天都會下雪，可知詩中「昏沉翩翩／瀰漫」在傍晚武寧天空的是雪花。這場雪，讓她聯想到小時候，外婆常在晚上燈下幫她削鉛筆，可能因為天氣冷，削鉛筆都削到「冒煙」，讓祖孫兩人笑開懷。這樣的追述示現，聚焦於「燈下削筆」這個點上，更將祖孫之間的感情展現出來。

接著作者又回到現在的時空，在小菜園裡，她看見雪「覆蓋在整腳的嫩芽上」，成了「粒粒的水晶冰糖」。此時她竟想像這雪明早將「流在枕間」，偷偷地為她這個過客「做個開場白」。預言示現的運用，讓詩更增添了想像之美。

末段一開始寫道：「我假想是丹青的弦　彈出柔柔飛絮」，這是屬於懸想示現。她進一層想像這場雪是由他「丹青的弦」彈出來的。「丹青」是繪畫，作者本應寫：「我假想這些柔柔飛絮是我畫出來的」，卻拆成兩句，並賦予丹青「彈」的魔力，彈出滿天雪花。這樣的空間感是立體的，帶有形象的質感。

作者繼續聯想：這些飛絮將「一朵朵　一簇簇／落在耀眼之地帶」，並且在記憶的時光中，「編排成透明的詩等待上架」。這是預告「雪」會被她編成「透明的詩」，並等待發表、上架。這也是預言示現，讓詩在綿密細膩的聯想中，呈現了晶瑩的光燦。

最後要特別提出一點，同樣都是下雪的冬季，但過去和現在的心情已截然不同。作者在這首詩中，只要提到往昔，因為有外婆的陪伴，情調總是溫馨的；然而此次返鄉，只有冰冷的冬景伴隨，可見外婆已經不在。但作者並未刻意強調內心的悲傷，只是透過景物來襯托，卻更加動人。原來所謂武寧「山水」，就是外婆為她鋪造的「記憶時光」。

這一首最關鍵的修辭是——示現。

「示現」最簡單的定義，就是利用想像力，將實際上不聞不見的事物，寫得如見如聞的修辭手法。依照性質，大略可分為三種：

一、追述的示現：把過去的事蹟或景象，寫得宛如在眼前。

二、預言的示現：把未來的事情或狀態，寫得宛如在眼前。

三、懸想的示現：把想像的事情或景物，寫得宛如在眼前。

簡賅地說，示現是藉由「想像力」，打破時間、空間的限制，讓某種情境再現的筆法。示現最主要的目的是——產生「穿梭時空、狀溢目前」的臨場效果。其目的在於訴諸讀者的感官和想像，使想像的情境和現實的情境形成強烈對比，引起鮮明的印象，激發起讀者的共鳴。

望廬山瀑布有感

晨風，撩開我混沌的窗
一切細瘦的記憶再次在
詩仙的筆中翻滾
航拍詩人借著科技。飛天
釣出共鳴的鳥雀
翠綠山岩盤手
嘰喳了三千尺回音
我又展開了故鄉行程
在前人的揮灑中
揭開罅隙朦朧布簾
細算一遭，未曾到過的
抽象的夢境
如你，望廬山瀑布發呆

詩評

林廣

一千多年前，李白來到廬山，見到瀑布奇景寫下〈望廬山瀑布〉：「日照香爐生紫煙，遙看瀑布掛前川。飛流直下三千尺，疑是銀河落九天。」

香爐指的是香爐峰，因為形狀像香爐，故以為峰名。紫煙指的是四周的煙嵐，李白用一個「生」字，將香爐峰和煙嵐連結起來，宛若那些煙嵐都是由香爐蒸騰而出，形象極為生動。這是從大處著筆，接著再聚焦於瀑布。一個「掛」字，讓瀑布彷彿像卷軸般靜靜掛著供人欣賞；然而末兩句卻突然化靜為動，「直下三千尺」，將瀑布奔騰的氣勢整個傾瀉出來；李白卻意猶未盡，進一步用「銀河落九天」的虛擬景象，將人們帶到恍惚迷離的境界。

近日有航拍者拍到廬山瀑布暴雨後壯觀的畫面，直呼李白真是寫實聖手。其實此詩固然有寫實，但想像的成分卻遠大於寫實。前兩句是寫實，但用「生」與「掛」，則帶有形象化的效果；第三句是寫實，但也帶有誇飾；再加上末尾的虛擬連結，將想像激盪到高點，令人對廬山瀑布留下鮮明而深刻的印象。

李黎茗〈望廬山瀑布有感〉的觸發點，就是來自李白的詩。她的題目很有趣，因為她所望的廬山，並非真正的實景，而是圖片與詩中的瀑布。

首節點出寫詩的觸發點。「撩開」用得生動，以擬人手法，讓晨風顯得更有韻致。「混沌的窗」，有多重意涵：一指清晨的窗因為霧氣，以致模糊不清；二指清晨窗外朦朧的景象；三指作者剛醒來，還在混沌不清的狀態；四指手機的畫面。這多重意涵，讓起筆有了更寬廣的聯想空間。

可能作者清晨起來，窗朦朧，人也朦朧，打開手機，正好看見廬山瀑布的空拍圖，因而觸發對故鄉的憶念。「一切細瘦的記憶」，帶有雙關意味：一指對故鄉的記憶（因為時空變遷已變得「細瘦」），二指空拍圖中廬山瀑布細瘦的水流（因為空間距離所以顯得「細瘦」）。「詩仙的筆」，指李白寫廬山瀑布的詩。「記憶……翻滾」，屬於形象化筆法，寫出作者當下情緒的激動。

次節「航拍」是解碼的重要線索，由此可推知作者思路的次第：航拍圖→李白的詩→思鄉。由「飛天」的科技「釣出共鳴的鳥雀」，將具體的航拍與抽象的共鳴巧妙綰合，形象更加鮮明。「共鳴的鳥雀」，也是形象化筆法，用「鳥雀」來比擬共鳴，一來因為鳥雀啁啾有混雜之意，二來亦可與「飛天」相照應。因此，末行才會延伸出「嘰喳了三千尺回音」（將回音用動詞嘰喳形象化，頗為生動）。至於「盤手」，對應的則是航拍。因為航拍，「翠綠山岩」才宛如「盤」在手中。

次節並非全詩的重心，但由於虛實相生的筆法，將科技、共鳴、回音連結在一起，讓詩的開展有了更堅實的「腹地」。以此來展開「故鄉行程」，就顯得順理成章，水到渠成。

末節「前人的揮灑」，指的依然是李白的詩（「揮灑」二字頗能狀寫詩渾然的意境）。「罅隙朦朧布簾」，呼應首節「混沌的窗」。當她揭開朦朧的記憶，故鄉的廬山瀑布，對她來說，竟然是「未曾到過／抽象的夢境」，這是令人感傷的。難怪她會對著空拍圖的故鄉「發呆」。但詩中的「你」，到底指誰？可能是泛指一切離鄉背井而又不能返鄉的人吧？當然也包括自己。這是一種不確定的曖昧，卻讓詩的味道更加悠遠。

滾鐵環

上山。下海飛奔的腳板皮
烙痕彎曲童年
鉤在鐵上一綹尾巴
是枯了的蒼白
圈裡，圈外我咧著舌。你
溜不出時代新意

詩評

林廣

「滾鐵環」是一種童玩。用鐵鉤勾住鐵環，就可以往前推滾；看似簡單，要推滾自如，就得多多練習。

從第一行「上山。下海飛奔的腳板皮」，就可看出滾環的主角技術是十分精湛的，赤腳就能上山下海飛奔。腳板上留下的「烙痕彎曲童年」，意謂著滾鐵環的記憶，深深鐫刻於腦海中，同時也暗示季節是讓路面晒燙的夏天。

第三行「一綹尾巴」，借代綁著馬尾的女孩，「鉤在鐵上」，暗示那女孩像跟屁蟲似的追著男孩的滾環跑。她可能很想玩，但男孩偏不借她玩。第四行「枯」，為諧音雙關，搭配「蒼白」，可看出，她哭得很淒慘。

女孩渴望走入男孩的「圈裡」，跟他一起玩；可男孩偏偏老是將她推到「圈外」。這裡頭似乎也藏著女孩的一種期盼：希望那男孩在乎她，可惜這期盼終究落空了。因此她只能「咧著舌」（扮鬼臉）給他看，還嗆他：「溜不出時代新意」，諷刺滾鐵環已經落伍了，跟不上時代潮流了。小女孩的俏皮口吻躍然紙上，為詩留下了動人的「尾巴」。

這首詩用「四／二」格式，前段先寫男孩，再寫自己；後段則先寫自己，再帶出男孩，剛好形成一個迴環。這樣的構想是很好的，但是作者一定要留意：不要在一句話裡，包藏太多意思；因為壓縮得太厲害，讀者不容易跟得上。如果能將此詩加以擴寫，讓語言放鬆一些，線索更鮮明一些，說不定能將故事說得更動人。

二〇二二年十一月刊於《台客詩刊》

小城故事
——致山水武寧

故事拉開糾纏的夜
所有情節
在天窗的罅隙中翻滾而來
我打山水生。小城故事隨篙漲
青山如黛似壯年
近水含煙似花嫁
笑盛過您赤裸的腳目
淚淹過您空曠的杯盤
阡陌行外
八零之後嗆爆荒涼
山於城中，城就置入了水裡
水亦緣中，緣就覆了笑顏
誰打武寧去。我願是
煮婦。為你生起那囪
如詩的垂涎

炊煙與記憶——閱讀李黎茗的〈小城故事〉

簡政珍

這是一首回憶遙想的詩，帶有淡淡的哀愁。回憶基本上感受的不是「未曾」，而是「已不再」，在時間中淡化，在空間上疏離。詩中人很清楚，回憶不能讓過去復活，只能透過意象抓取時空殘留的跡痕。

第一節是追憶的啟動，故事從「糾纏的夜」拉開，夜晚的糾纏意謂：有很多往事在翻騰，詩中人在失眠中翻轉。糾纏一定會打了很多結，故事一定要透過回憶才能解。詩中人看著屋頂的天窗，透過天窗的縫隙看到過往的吉光片羽。當過去的時光從縫隙滲入思緒，往事洶湧而至。這一節記憶的啟動很有氣氛，也很動人。

第二節往事拉開布幕，讀者看到詩中人童年的小城與流水。「故事隨篙漲」，充沛的水流似乎隱藏豐富的故事情節。「近水含煙似花嫁」的意象，類似文言文的句法凝聚了三個意象：近水、含煙、花嫁。意象只是「顯示」（show），不「言明」（tell）意旨。這個詩行隱含多種可能性。「含煙」可能是指水氣如煙，也可能是鞭炮點燃後的煙，因為有女子身上別著花要出嫁。不寫鞭炮點燃時聽到的聲音，而是看到的煙霧，展現了一幅寧靜的圖像。記憶猶如默片，靜靜地走過，正如時間靜靜地流失。

小城的歲月，有笑聲也有眼淚。「淚淹過您空曠的杯盤」，這一行的意象非常精彩。流淚因為杯盤是空的，沒有菜肴。因為「空曠」，情感帶有一點看淡當下的悠遠，替代了「空」所暗示「窮與無」，也淡化了情緒隱含的憂傷。

結尾的第五行與第六行「誰打武寧去。我願是煮婦／為你生起那囪如詩的垂涎」是整首詩戲劇性的高潮。若是有人想去武寧一遊，詩中人說「但願」自己就在武寧，能為這些來訪者，點燃炊煙，盛情招待。但所謂「但願」暗示幾乎不可能如願。煙囪的炊個好像流口水，真正流口水的是遠在臺灣的遊子——因為輾轉反側的思鄉。

綜觀整首詩，詩人把情緒沉澱成思緒，觀照的距離非近非遠，有感情但不濫情，很值得回味。

後記：二〇二一年十二月十七日刊於《漁民文化新詩週報》，創下十萬多次的點閱率。

簡政珍，詩人、詩論家。美國奧斯汀德州大學英美比較文學博士。曾任中興大學外文系主任，《創世紀詩刊》副總編輯兼主編，亞洲大學人文社會學院院長、講座教授。

著有詩集《臉書》等十二本；論述專書《台灣現代詩美學》等二十二本。二〇〇七年三月北京師範大學珠海分校曾為其舉辦「兩岸中生代詩學高層論壇暨簡政珍作品研討會」。二〇〇八年文津版的《台灣當代新詩史》稱之為「中堅代翹楚」。二〇一九年聯經版的《台灣現代詩史》將其列為新詩百年七名焦點詩人中的一員。

三月，我想回去看您
——致消失在地平線的母校

三月，我不想大海也不想繁星
妳在柴桑向北候成灰燼
我也用執著，燒去幼稚和任性
但凡紅妝，那片荒野
慢慢長出理智冷漠和清醒

撕開一頁夜，我又回到
帶霜的長堤湖畔
那群打赤腳爬楊子的孩提
打翻一盞自律燈燭

教鞭訓斥光陰梭過的墻
被書蟲啄破
我寒窗過的五年，意象滿腦流竄
博命，是我長久以來
所有奔赴的意義，您卻長眠湖底

詩評

王松輝

本詩作者以第一人稱的敘事視角切入，受話對象「妳」是作者的母校，透過追述示現的手法，訴說了年少時在校的點滴回憶，表達其對已消失的母校濃郁的感情。第一段第二行「候成灰燼」與第三段最後一行「長眠湖底」遙相呼應，「教鞭訓斥光陰梭過的墻／被書蟲啄破」則透過誇飾手法表現出超現實的效果；最後作者將敘事對象「妳」改稱為「您」，語義中表現了其對母校的尊敬之意。然詩中作者只提及母校長眠湖底即嘎然而止，並未交代母校消失的原因，究竟是因三峽工程導致母校淹沒，還是因去年長江水患所致，或者其他因素造成，作者若能對其進一步予以闡述，並深化孩提時種種往事，或許更能加深本詩的完整性以及共鳴的感染力。

王松輝，祖籍廣東普寧，一九六三年出生於臺灣高雄，臺灣新詩界無名小卒，寫詩嘗試將內心的感動透過簡單的文字寫成深入淺出的詩作。除寫詩外兼及新詩評論，作品乏善可陳，散見於臺灣中華日報、台客詩刊及子午線（臺灣）新詩刊。

腫臉

變種的一隻蝴蝶
喜歡把面紙當祖先供奉
我似又看到好些年前躲在
裙裾下的那股騷味
病態符號劣勢地蕩出戶外
在它皺皺的眼角
堆成一尊無骨的沙雕
贅言摟著無肉的笑
寂寞，溶出體外
鬼打牆的濫情喜歡盜賣春天
東西方位的牛頭與馬嘴
滔滔發射成嘴炮功
而我，就在回眸
一瞥的驚鴻裡，那張扭曲的臉孔
被春蟲的習性，啪啪啪
甩成厚厚的老繭

私生活・詩生活——李黎茗〈腫臉〉評析

王松輝

李黎茗以短詩見長，取材極生活化，周遭的小細節信手拈來即可成詩，且意象鮮明獨特，常給讀者帶來意外的驚喜。〈腫臉〉即是一首化生活為諧趣，自我調侃戲謔的短詩。

「變種的一隻蝴蝶／喜歡把面紙當祖先供奉」，此詩一開頭「蝴蝶」及「面紙」即相當引人注目，究竟這兩意象如何產生連結，令人想一探究竟。「蝴蝶」這意象有很多象徵意義，在這裡象徵美麗優雅，可以說是女人的借喻；此處用了兩個「字音（諧音）雙關」的修辭（「變種」→「變腫」、「面紙」→「面子」），意思是變胖的女人，特別喜歡對著鏡子不停地端詳自己的身材面貌。「我似又看到好些年前躲在／裙裾下的那股騷味」，這兩句是追述示現，同時也是視覺（看到）往嗅覺（那股騷味）移動的「通感」，作者在鏡中似乎又回到少女時代青春洋溢的歲月。

「病態符號劣勢地蕩出戶外／在它皺皺的眼角／堆成一尊無骨的沙雕」，「病態符號」是借用網路流行的表情符號，用以借指詩中主角臃腫的外表；這裡使用「蕩」這個動作詞，呼應了首段「那股騷味」。眼角的魚尾紋則相當無情地堆疊成「無骨的沙雕」，因為臃腫所以「無骨」，由於鬆垮以致像「沙雕」隨時都有崩塌的可能。

第三段「贅言摟著無肉的笑／寂寞，溶出體外」，贅言是贅肉的借喻；至於什麼是「無肉的笑」？當我們笑時，蘋果肌會擠壓兩頰的肉向外，若兩頰肉多，則會改變臉型，所以此處應可做「瘦臉」來解讀，意思是贅肉掩蓋了原本清瘦的臉。「寂寞，溶出體外」則是虛實互映的手法表現。「鬼打牆的濫情喜歡盜賣春天／東西方位的牛頭與馬嘴／滔滔發射成嘴炮功」，由於愛「面子」，便不斷重複地（鬼打牆）拼命濫用化妝品企圖掩蓋臉部的皺紋，期望能回復年輕時的青春樣貌（盜賣春天），殊不知這些其實都是無濟於事的「表面」工夫。作者連續使用「鬼打牆」、「牛頭」、「馬嘴」、「嘴炮」這些俚俗語，為行文增添了許多戲謔諧趣的味道與氣氛。

「而我，就在回眸／一瞥的驚鴻裡，那張扭曲的臉孔／被春蟲的習性，啪啪啪／甩成厚厚的老繭」，結尾段正當作者沾沾自喜於加諸臉上的成果時，突然驚覺那張臉蛋，還是一樣回不去了。「回眸／一瞥的驚鴻」是「回眸一笑」與「驚鴻一瞥」兩成語的變形結合，意思是經過一番努力，美好也只是短暫地出現一下而已。「春蟲」指蝴蝶的幼蟲，與首段「變種的蝴蝶」形成前後呼應，這是表面上的意思；深層的意思是作者自我解嘲，調侃自己是個「春蟲蟲」（就是「蠢」的文雅用語），臉皮已「扭曲」得如「老繭」一樣猶不自知。

二〇二一年本評析刊於《子午線新詩刊》第三期

詩人的鍋物

如果　我不是詩人
冰箱裡的生蔬海祭
那麼我，絕對是些粗曠的草根
自然優雅就與我沾不上邊了
低溫剪裁的一些詩句
迫遷在詩人的冰箱
我冷得，回不到原生家庭
詩人回不到年少
回不到未寫詩前的平靜

詩評

王松輝

短詩之精髓在於捕捉剎那的靈光一現，前段作者連續用了三個判斷句（主語＋繫詞＋斷語，繫詞為「是」，「不是」），語氣上無疑地強調了第四句「優雅」的詩人這個意象；第二句更是用了「借喻」的手法，省略了本體（我）與喻詞（不是），只保留了喻體（生蔬海祭），這在譬喻中是最精練含蓄的手法。

第二段作者使用擬虛為實的「轉化」修辭，將抽象的詩人被冷落的詩句予以形象化。詩人常常苦於精心「剪裁」的詩作未獲青睞，只能被迫待在冰冷的冰箱裡，猶如被冷凍一般，「迫遷」這個動詞的使用，更彰顯了詩人面對如此景況的失落感。

於是詩人甚至開始奢望時光能倒流，再次「回到」孩提時的無憂無慮。這裡又連用了三次「回不到」這個述補短語，以反襯的手法表現，語氣再次深沉地強化了詩人迫於現實無情之下憂鬱的心情。

吃火鍋在當今社會，是件再平常不過的事情，面對熱騰騰的鍋物，正當人們大快朵頤之際，作者竟能夠有如此深切的感觸；的確，選擇做為一個詩人，必須要能耐得住長期的寂寞，然而撇開詩作虛幻的曝光率不談，能夠抒發一己的心靈感觸，將之化為文字紀錄，這已是人間的一大樂事了。

二〇二一年本評析刊於《子午線新詩刊》第三期

語言文學類　PG2965　吹鼓吹詩人叢書56

一枝筆裡醒來的村落

作　　者／李黎茗
主　　編／蘇紹連
責任編輯／邱意珺
圖文排版／黃莉珊
封面設計／魏振庭

發 行 人／宋政坤
法律顧問／毛國樑　律師
出版發行／秀威資訊科技股份有限公司
114台北市內湖區瑞光路76巷65號1樓
電話：+886-2-2796-3638　傳真：+886-2-2796-1377
http://www.showwe.com.tw
劃撥帳號／19563868　戶名：秀威資訊科技股份有限公司
讀者服務信箱：service@showwe.com.tw
展售門市／國家書店（松江門市）
104台北市中山區松江路209號1樓
電話：+886-2-2518-0207　傳真：+886-2-2518-0778
網路訂購／秀威網路書店：https://store.showwe.tw
國家網路書店：https://www.govbooks.com.tw

2023年12月　BOD一版
定價：280元

讀者回函卡

國家圖書館出版品預行編目

一枝筆裡醒來的村落 / 李黎茗著. -- 一版. -- 臺
北市 : 秀威資訊科技股份有限公司, 2023.12
面 ; 公分. -- (語言文學類 ; PG2965) (吹
鼓吹詩人叢書 ; 56)
BOD版
ISBN 978-626-7346-38-9(平裝)

863.51 112016966